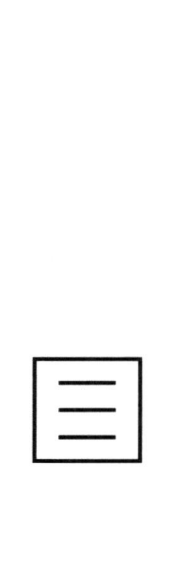

Clemens J. Setz

Gedankenspiele über die

Wahrheit

Literaturverlag Droschl

James Hogg (1770–1835) ist eine Ausnahme unter den Schäferdichtern, denn er hütete bis zu seinem 40. Lebensjahr tatsächlich Schafe.

> Klappentext der Reclam-Ausgabe von Hoggs »Die privaten Memoiren und Bekenntnisse eines gerechtfertigten Sünders«

Vielleicht ist nichts ganz wahr – und sogar das nicht.

> Multatuli (Eduard Douwes Dekker)

1.

Willemsens Version

Ich bekenne: Ich liebe Roger Willemsen. Vor allem seine Reisebücher. Dabei glaube ich nicht unbedingt an ihren Wahrheitsgehalt. Dieser spielt für mich keine besondere Rolle, obwohl Willemsen selbst viele der Anekdoten in Interviews und bei Liveauftritten durchaus als authentisch darstellte. In dem 2010 erschienenen Buch *Die Enden der Welt*, vielleicht seinem besten, erzählt er folgende amüsante Anekdote über den österreichischen Dichter Franz Grillparzer:

»Ich erzähle ihnen, wie gegen Ende des 19. Jahrhunderts der Dichter Franz Grillparzer an die Adria reiste, um zum ersten Mal das Meer zu sehen, das er nicht fotografiert oder gefilmt kennen konnte. Ich berichte, wie wir Leser den Atem anhalten, tritt doch hier ein Dichter, ein Mann des Wortes, zum ersten Mal in seinem Leben vor das Original des Ozeans, und was schreibt er in sein Tagebuch: ›So hatte ich's mir nicht gedacht.‹«

Willemsen hatte diese Geschichte mit der unschlagbaren Pointe offenbar sehr gern, denn er erwähnte sie bei jeder seiner Lesungen, die ich über die Jahre besuchte, und ich las sie auch in einem Interview mit Jan Drees: »Mir fällt«, sagt Willemsen da, »immer eine Episode in den Tagebüchern von Grillparzer ein, der ein eher misanthropischer Mann war und der irgendwann einmal zum ersten Mal zum Ozean reist und wir halten den Atem an, was nicht häufig vorkommt bei Grillparzer, und denken: Wie wird ein Mann, der es nie gefilmt gesehen hat, das Meer sehen? Wie wird er das beschreiben? Und er reist ans Meer. Er steht davor. Und Grillparzer schreibt ins Tagebuch: *So hatte ich es mir nicht vorgestellt.*«

Grillparzers Tagebücher sollte man unbedingt lesen. Ein herrlicher Brummfetzen. Eine Art Ein-Mann-Twitter im Österreich des 19. Jahrhunderts: schlechtgelaunt, sensibel, reich an Einsichten, reich an Intrigen-Spürsinn, störungsängstlich, poetisch *intense*, streng im Urteil. Nachdem ich dieser anmutigen Grillparzer-Anekdote nun so oft in Willemsens Worten begegnet war, interessierte es mich natürlich, die Originalstelle zu finden. Ich suchte – und fand sie nicht. Der Grund dafür war allerdings nicht, dass Willemsen sie etwa erfunden hatte, nein, sie hatte sich in seinem Gedächtnis, vielleicht im Strom ihrer häufigen Wiedergabe, abgeschliffen und verschlankt und verjüngt, hatte so viel Ballast abgeworfen, bis am Ende nur noch jener einzelne ikonische Satz übrig blieb, der durchaus auf einer Stufe steht mit anderen gewichtig-weltbewegenden lakonischen Erzählsätzen der Weltliteratur wie z. B. »Kein Geistlicher hat ihn begleitet« oder »An diesem Tage lasen wir nicht weiter«.

Es stellte sich heraus, dass ich die Stelle längst kannte. Sie enthält den berühmten Satz allerdings nur als einen unter vielen ähnlichen. Und es ist sogar, ganz entgegen dem Eindruck, den Willemsens Wiedergabe erweckt, eine überraschend ausführliche und erregte Beschreibung des Meeres. Grillparzer sah es zum ersten Mal von Villa Opicina aus, dem Vorort von Triest, von wo man heute mit einer charmanten altertümlichen Straßenbahn über den Berg hinunter in die schöne Stadt schweben kann. Die Stelle lautet so:

Allmählich, wie wir uns Triest näherten, merkten wir eine beträchtliche Veränderung des Klimas, die rauhe, kalte Luft ward milder, und alles schien uns anzukündigen, daß wir am Eingang Hesperiens ständen. Einige Landleute, die, bizarr braun und rot gekleidet, zu Pferde und zu Wagen uns begegneten, stimmten mit all dem überein und spannten unsere Erwartung so hoch, als es nach drei durchwachten Nächten, nach einem Kurierritt von achtzig Meilen immer möglich war. Endlich die Dogana von Optschina. – Ein Hügel! – Hinauf! – Ah! und da lag es vor uns weit und blau und hell, und es war das Meer. Ich sprang aus dem Wagen und lief hin, daß mein Reisegefährte mir zurief, achtzugeben, um nicht hinabzustürzen. Mich ergriff eine sonderbare Empfindung. Früher schon hatte ich mich aus Erzählungen überzeugt, daß der Anblick des Meeres mich bei weitem nicht mit dem Gefühl der Erhabenheit erfüllen würde, das es in der Phantasie in mir hervorbrachte, und ich hatte mich daher auf den wirklichen Anblick fast mehr gefürchtet als gefreut; ich fürchtete nämlich, um ein erhabenes Bild ärmer zu werden und nur ein richtigeres dafür zu erhalten – ein zweifelhafter Gewinn für einen Dichter. Und was ich vorher geahndet, traf wirklich zum Teil ein. Das Bild vom Meere in meiner Phantasie war allerdings mächtiger, gewaltiger gewesen als die Wirklichkeit, und doch fesselte mich der Eindruck so, daß ich mich kaum trennen konnte, ich hatte mir das Meer nämlich nicht so schön gedacht, nicht so unbeschreiblich schön. Wie es dalag, ein holdes Mittelbild zwischen einer grünen wallenden Wiese und dem ruhigen blauen Himmel, so weich anzuschauen, daß die Sprache kein Wort hat, es zu bezeichnen, so sanft und mild, das starre, ungebändigte Element, wie eine besänftigte Geliebte, die doppelt schön ist, wenn sie gezürnt hat und getobt, und nun doppelt hold den Teuern schmeichelnd und besänftigend umfängt – so hatte ich mir's nie gedacht, und darum überraschte und fesselte es mich im höchsten Grade. Einen eigentlich großen Anblick gewährt das Meer bei Triest nicht. Die Unermeßlichkeit, welche die Vorstellung des Meeres in der Vorstellung begleitet und sie zur erhabensten macht, die die sichtbare Welt hat, verschwindet hier ganz, da auf drei Seiten die Ufer sichtbar sind und auf der vierten, schrankenlosen, das Auge aus Wolken und Dünsten sich leicht auch ein Ufer bildet.

Welche ist nun die wahre Version? Einerseits natürlich die eben gelesene, denn so steht sie, verlässlich nachprüfbar, in allen Ausgaben der Reisetagebücher Grillparzers. Aber etwas an der Version von Willemsen besitzt, wie mir scheint, ein eigentümliches Zweitrecht auf Wahrheit. Sie erzählt nicht dasselbe wie Grillparzers Zeilen. Nicht einmal der eine Satz meint im Zusammenhang der ihn umgebenden euphorischen Zeilen ansatzweise dasselbe wie in Willemsens Version. Und der Mann, der, angesichts des zum ersten Mal vor sein Auge tretenden Meeres, *tatsächlich* nur den einen griesgrämigen Satz zu schreiben imstande ist, ist wohl doch ein anderer als der, der die oben stehenden Zeilen verfasst hat. Aber warum *passt* Willemsens Version so viel mehr zu Grillparzer als Grillparzers eigene Äußerungen? Warum fühlt sich gerade diese etwas verfälschte und unfaire Darstellung seiner Reaktion auf den Anblick des Meeres wie eine Form von *eigentlicher* Wahrheit an? Der Grund dafür ist natürlich, dass wir Grillparzer kennen, seine mürrische Art zu denken und zu schreiben. Ich halte Willemsens Version nicht für eine gute Wiedergabe der Tagebuchstelle, aber zugleich für die vielleicht beste *Kurzbiografie* von Grillparzer, die es gibt.

2.
Eigene Versionen

Manchmal erstellt sogar die eigene Erinnerung solche »Willemsen-Versionen« von oft gelesenen oder begrübelten Absätzen der Literatur. Viele Jahre lang dachte ich etwa, der Beginn von Albert Camus' berühmter Erzählung *Der Fremde* laute so: »Heute ist Mama gestorben. Oder vielleicht auch gestern, ich kann mich nicht erinnern.«

Was für ein grandioser Anfang, dachte ich. Ein Mensch, dessen Mutter stirbt und der dieses Ereignis schon in den ersten Sekunden, da wir seine Erzählstimme vernehmen, so behandelt, wie es sonst kaum jemandem möglich wäre: Er hat *vergessen*, sagt er, wann genau es war. So wie man vielleicht vergisst, ob die Mülltonne im Garten gestern oder am Tag davor umgefallen ist. Wie kann man so etwas vergessen? Dieser Erzähler muss ein Mensch mit vollkommen anderem, allen emotionalen Konventionen entfremdetem Bewusstsein sein. Schon nach den ersten Sätzen wissen wir: Hier spricht ein Alien zu uns, eben: ein Fremder.

Aber dummerweise lautet der erste Satz von *Der Fremde* gar nicht so. Sondern:

»Heute ist Mama gestorben. Vielleicht auch gestern, ich weiß nicht. Ich habe ein Telegramm vom Heim bekommen: ›Mutter verstorben. Beisetzung morgen. Hochachtungsvoll.‹ Das will nichts heißen. Es war vielleicht gestern.«

Es lag also gar nicht an ihm, dass er nicht weiß, wann es war! Das Telegramm des Heims enthielt einfach keine klare Zeitangabe! Nicht er, sondern *das Heim* ist das emotionslose, tendenziell außerirdische Element in diesen Anfangszeilen.

Und doch ist meine falsche Erinnerung an den Anfang des Romans, ganz wie *Willemsens Version*, nicht ganz falsch. Nein, es ist sogar so etwas wie Wahrheit in ihr, denn die im Verlauf der Erzählung so intensiv dargestellte existenzielle Entfremdung der Hauptfigur Meursault, der auf dem Begräbnis seiner Mutter keine nennenswerten Emotionen zeigt und später auf einem Strand einen Araber aus nicht ganz nachvollziehbaren Gründen (»Es war heiß«) erschießt, wirkt nicht nur voraus, in Erzählrichtung, sondern eben auch *retrograd*, auf alles, was davor war. Meine Kenntnis der Figur, ihre Seele sozusagen, verwandelte meine Erinnerung an die Anfangszeilen in etwas, das wahrhaftiger und besser zu jener Seele passte.

Und angenommen, meine falsch erinnerte Version wäre tatsächlich der Anfang des Romans gewesen. Würde sie »besser« funktionieren? Nein. Denn in welche Richtung hätte Camus die Erzählung von da ab noch lenken können? Der Abstand zwischen einem Leser und dem Helden wäre schon in den ersten beiden Sätzen zu groß gewesen. Man könnte ihm beim besten Willen nicht folgen – und alles, was danach kommen könnte, wäre eine bestenfalls beeindruckende Stilübung in Fremdheit. Echtes Erzählen verlangt nach der Möglichkeit der Steigerung.

Später passierte mir eine noch viel kuriosere Fehlleistung. 2017 oder so las ich ein ungeheuer spannendes Buch über die Ketzerprozesse von Montaillou im 14. Jahrhundert. Dann vergingen ein, zwei Jahre und ich ertappte mich dabei, wie ich immer wieder an eine bestimmte Anekdote aus dem Buch dachte. Die Geschichte erschien mir in all ihren Details sehr kraftvoll und sinnbildhaft. Also fertigte ich ein kleines Fundstück-Prosagedicht aus ihr:

AVANTGARDE

Anfang des 14. Jahrhunderts stand das gesamte südfranzösische Dorf Montaillou vor der Inquisition. In den Gerichtsprotokollen findet sich die Erwähnung einer jungen Frau, die namenlos bleibt. Sie wurde beschuldigt, den christlichen Glauben abgelegt zu haben. Man fragte sie, welcher Mann ihr diese ketzerischen Ansichten vermittelt habe. Die Frau antwortete, das habe ihr niemand beibringen müssen, sie sei ganz allein darauf gekommen, dass der christliche Gott nicht existieren könne, durch eigene Überlegungen, während der Hausarbeit.

So hatte ich die kleine Szene im Kopf. *Durch eigene Überlegungen während der Hausarbeit*. Ziemlich genau dieser Satz, vielleicht ein wenig anders formuliert. Mit Sicherheit war da jedenfalls das Wort *Hausarbeit* gestanden. Doch hier mein Problem: Ich schwöre, ich habe alles abgesucht, aber es gibt diese Anekdote in dem Buch nicht. Ich bin wirklich jede Seite Zeile für Zeile durchgegangen. Da ist nichts dergleichen. Ich muss die kleine Szene entweder geträumt oder mir sonst irgendwie eingebildet oder am Ende ganz woanders gelesen und sie dann in meiner Erinnerung mit diesem Kontext vermengt haben. Was mag die ursprüngliche Szene gewesen sein? Ich weiß es nicht. Hätte ich nie nach der Originalquelle gesucht, würde ich sie heute wohl immer noch als aussagekräftige, wahrhaftige Parabel über die historischen Spielarten der Unterdrückung von Frauen betrachten. Aber jetzt? Was ist sie jetzt, wo wir ihre unklaren Entstehungsbedingungen kennen?

Wobei ich an dieser Stelle hinzufügen muss: Ich finde es durchaus ehrenwert und korrekt,

Zitate zu erfinden. Ich mache das öfter. Aber hier in dem Montaillou-Beispiel habe ich es nicht beabsichtigt. Ich hatte tatsächlich die deutliche Erinnerung, diese Anekdote in dem Buch über die gespenstischen Schauprozesse gelesen zu haben. Sie stand, sagt mir mein Gehirn, rechts unten auf einer Seite.

Nun hat wahrscheinlich jeder Mensch solche eigenartigen Erinnerungen, die sich absolut wahr anfühlen, aber bei näherer Betrachtung so eigentlich nicht stimmen können. Zum Beispiel habe ich die Erinnerung, dass ein Mädchen in meiner Volksschulklasse, als man es aus irgendeinem Grund um seine religiöse Orientierung fragte, antwortete, sie sei »ohne Befund«, obwohl sie natürlich »ohne Bekenntnis« hatte sagen wollen. So ist das abgespeichert in meinem Kopf, aber ich muss zugeben, es wirkt irgendwie zu glatt, zu pointiert, zu bequem, zu hingebogen. Ich misstraue dieser Erinnerung.

Noch viel komplizierter wird es, wenn solche sich felsenfest wahr anfühlenden Phantomerinnerungen von mehreren, ja vielleicht sogar von zahlreichen Menschen geteilt werden. Man nennt dieses Phänomen den *Mandela-Effekt*. Der Name leitet sich aus der Tatsache her, dass auffallend viele Leute sich deutlich an Nelson Mandelas Beerdigung (nach einem angeblich noch während seiner Inhaftierung erfolgten Tod) irgendwann in den achtziger Jahren erinnern können. Sie beschreiben den Begräbniszug, die Übertragung im Fernsehen, und finden im Internet andere, die sich an genau dieselben Details erinnern. Die Sammlung und Untersuchung solcher Mandela-Effekte ist inzwischen ein eigenes Gemeinschaftsspiel. Häufig beziehen sich diese »Das sah doch anders aus!«-Phantomerinnerungen auf Logos und Designdetails bestimmter Nahrungs- und Haushaltsartikel, wie etwa Müsli- und Chipspackungen, Erdnussbutter-Etiketten usw., eben lauter Dinge, die man als ein in einer bestimmten Dekade aufwachsendes Kind häufig vor Augen hatte. Hieß das crunchy Zeug, das man immer zum Frühstück aß, *FRUIT LOOPS* oder *FROOT LOOPS*? Trug die rennende Millionärsfigur auf dem Logo des Brettspiels *Monopoly* ein Monokel oder nicht? Endete der Song *We are the Champions* von Queen mit einem vom göttlichen Freddie Mercury herzhaften intonierten »... of the wooooorld!« oder bloß mit einem knappen Gitarrenakkord? Über diesen Fragen verlieren einige Menschen im Internet den Verstand.

Diejenigen, die sich deutlich an etwas erinnern können, wofür sie aber in der Wirklichkeit und der historischen Dokumentation keinerlei Beweise finden können, wähnen sich in eine Parallelwelt geraten. Wie ernst- oder scherzhaft diese »Lösung« des Problems verstanden wird, ist nicht immer ersichtlich. Einige meinen es vollkommen ernst und beschuldigen den Teilchenbeschleuniger des CERN, sie durch riskante Experimente aus ihrem Heimatuniversum gestoßen zu haben.

Merkwürdigerweise teile ich selbst, der ich doch eigentlich anfällig für derlei Dinge sein müsste, nicht einen einzigen dieser populären Mandela-Effekte. Ich erinnere mich an all diese Dinge genau so, wie sie auch heute aussehen: die Monopolyfigur trug nie ein Monokel, das grässliche Frühstückszeug schrieb sich immer FRUIT und nicht FROOT, und *We are the Champions* endet nicht mit »... of the woooorld«, sondern mit einem Gitarrenakkord. Leider bin ich nie in ein Paralleluniversum gekippt, in dem eine andere kollektiv verwaltete Wahrheit herrscht.

3.

Buchhalter und Ekstatiker

Wahrheit ist ein Begriff, mit dem die Menschen seit Jahrhunderten einander geißeln. Eine jede Epoche wiederholt gewisse Wahrheiten, die dann von der nächsten möglicherweise nicht mehr oder nur in modifizierter Gestalt übernommen werden. Cholesterin verursacht Herzkrankheiten. Gott ist gütig. Vegane Ernährung rettet den Planeten. Der Kaiser kann niemals sterben. Um die Erde kreist ein rundes Licht fremder Herkunft. Ivermectin ist vollkommen nutzlos gegen Covid-19. Lauter »Wahrheiten«, über deren Gehalt sich viele Menschen bitter gestritten haben bzw. immer noch heftig streiten. Der große tschechische Poet Jan Skácel schrieb in *Kleine Rezension über die Wahrheit*: »Ich hege den Verdacht, dass die Menschen eigentlich gar nicht so sehr die Wahrheit lieben, als das, dass sie recht haben.« Natürlich ist das wahr. Jeder kann es an sich selbst ablesen.

Und am besten fangen wir erst gar nicht erst von dem großen Problem »wahrer, aber unbeweisbarer Behauptungen« im Gebiet der Mathematik an. Die abendländische Philosophie hat die Wahrheit schon seit ihren frühesten Anfängen gern in einem gesonderten Sicherheitsgehege verwahrt, zu unscharf, zu manipulativ, zu schwer handhabbar erschien dieser Begriff. Friedrich Nietzsche schrieb einige der klügsten Gedanken zu ihr nieder, die wir haben, allen voran jene in *Jenseits von Gut und Böse* formulierte Einsicht, dass es gewisse Urteile gebe, bei denen es unbedingt nötig sei »zu begreifen, dass zum Zweck der Erhaltung von Wesen unsrer Art solche Urteile als wahr *geglaubt* werden müssen; weshalb sie natürlich noch *falsche* Urteile sein könnten!« Mit anderen Worten: Was ist wichtiger, die Wahrheit zu kennen – oder als Menschheit fortexistieren zu können? Wenn die »Erhaltung von Wesen unsrer Art« tatsächlich nur dadurch gewährleistet werden kann, dass gewisse Unwahrheiten als Wahrheiten gelebt werden, sollten wir diese dann als eine neue Art von Wahrheit betrachten?

Außerdem erinnert uns Nietzsche: »Aber keinem Zweifel unterliegt es, dass für die Entdeckung gewisser *Teile* der Wahrheit die Bösen und Unglücklichen begünstigter sind und eine größere Wahrscheinlichkeit des Gelingens haben.« Und Ernest Hemingway urteilte in seinem Buch *Paris – Ein Fest fürs Leben*: »Bei Dostojewski gab es Glaubhaftes und Unglaubhaftes, aber manches davon war so wahr, dass es beim Lesen einen anderen Menschen aus dir machte.« Auch das eine interessante, bedenkenswerte Formel. Wahrheit, die durchaus ans Unglaubhafte streifen kann. Wie sieht das aus?

Der Dokumentarfilm *Lektionen in Finsternis* von Werner Herzog aus dem Jahr 1992, der in hypnotischen Bildern jene höllenartige Mondlandschaft, in die der Brand der Ölquellen in Kuwait ganze Landstriche verwandelte, zeigt, beginnt mit einem eingeblendeten Motto:

> Der Zusammenbruch der Sternenwelten wird sich – wie die Schöpfung – in grandioser Schönheit vollziehen.
>
> Blaise Pascal

Relativ bald nach dem Erscheinen dieses Films gab Herzog zu, dass dieses Motto gar nicht von Pascal stammt, sondern von ihm selbst. Er habe es fingiert, um jene, die den Film sehen, zu »erheben«. Das verwunderte niemanden. Denn Herzog erfand und inszenierte in seiner langen, leuchtenden Karriere derart viele Szenen und Motive in seinen Dokumentarfilmen, dass diese fast schon ein eigenes neues Genre bilden.

In seinem Film über Anfänge und Wirkungen des Internet, *Lo and Behold* (2016), zitiert Herzog den Kriegstheoretiker Carl von Clausewitz mit dem erstaunlichen Satz »Der Krieg träumt manchmal von sich selbst« und stellt die daraus abgeleitete Frage, ob das Internet auch manchmal von sich selbst träume. Später wunderte sich Herzog, dass er die Quelle des Satzes nicht mehr finden könne. Habe er sie erfunden, erträumt? Er wisse es nicht. In den Diskussionsnischen der Wikipediaseite zu Clausewitz wird, in dem dort typischen Ton, über die Frage folgendermaßen entschieden:

> Im Film *Lo and Behold – Reveries of the Connected World* (deutscher Titel: *Wovon träumt das Internet?*) von Werner Herzog zitiert ebendieser Clausewitz folgendermassen: »Clausewitz […] once famously said: ›Sometimes war dreams of itself.‹« Also auf Deutsch etwa: »Manchmal träumt der Krieg von sich selbst.« Ist da etwas dran? Per Websuche kann ich keine Anzeichen dafür finden, dass Clausewitz je etwas in diese Richtung geäussert hat. --Nachtbold (Diskussion) 23:13, 23. Nov. 2020 (CET)
>> Eher nicht. Was soll das auch heißen, dass der Krieg von sich selbst träume? Dass Clausewitz sich dem berühmten Somnambulen, Kleists Prinz von Homburg wesensverwandt fühlt? Das wäre doch eher unwahrscheinlich. --Vsop.de (Diskussion) 23:33, 23. Nov. 2020 (CET)

Im Dokumentarfilm *Little Dieter Needs to Fly*, der von der außergewöhnlichen Kriegsgefangenschafts- und Fluchterfahrung des amerikanischen Piloten Dieter Dengler handelt, wurden sogar viele spontan wirkende Interviewszenen inszeniert. In einer Szene sagt Dengler, er selbst sehe sich nicht als Held, nur tote Menschen seien Helden. Aber dieser Satz wurde ihm angeblich von Herzog eingeflüstert. Und dann die bewegende Szene mit der Eingangstür. Dengler öffnet und schließt die Tür seines Hauses immer wieder, scheinbar begeistert von der Gnade der Freiheit, die dieses Öffnen- und Schließenkönnen impliziert. Die Szene wurde allerdings von Herzog hinzuerfunden, sie kam nicht aus Dengler selbst. Dieser wehrte sich sogar eine Weile gegen diese Inszenierung, da er fürchtete, in der Szene albern zu wirken, aber ließ sich am Ende von Herzog überzeugen, als dieser ihm versicherte, Frauen würden ihn in dieser Szene unwiderstehlich finden.

Herzog ist der Meinung, dass diese Arten der Stilisierung absolut nichts mit Fälschung zu tun haben, sondern eine tiefere, elementarere, vielleicht auch reinere Wahrheit vermitteln können. Denn ein Film ist eben nur 90 oder 120 Minuten lang. Man muss die Dinge zusammenfassen, kompakt machen, auf wenige poetisch-kraftvolle Formeln reduzieren, die sich auf die Zuschauerschaft in etwa so übertragen, als hätten sie die dargestellte Erfahrungen in aller Komplexität selbst durchlebt. Herzog nennt den Unterschied zwischen reinem Mitfilmen und stark inszenierter Dokumentation: »Buchhalter-Wahrheit« vs. »ekstatische Wahrheit«. Die ekstatische Wahrheit ist die, die sich nur über bewusste Stilisierung und poetische Verwandlung erreichen lässt.

Man kann dem nun zustimmen oder nicht, aber es gibt auch Fälle, wo sich gerade das Hereinplatzen jener geistlosen buchhalterischen Wahrheit als eine Art von Rettung erweisen kann. Alfred Lord Tennyson schrieb in seinem Gedicht *The Vision of Sin* folgende Zeilen: »Every moment dies a man / Every moment one is born.« Keine besonders elektrisierende Einsicht. Kurz darauf erhielt er einen Brief des genialen Mathematikers und Ahnherrn der heutigen Computerprogrammierung, Charles Babbage (1791–1871), der Tennyson belehrte: »Wenn das wahr wäre, würde die Erdbevölkerung konstant bleiben.

In Wirklichkeit aber ist die Geburtenrate um ein weniges höher als die Sterberate. Ich würde daher vorschlagen, dass die nächste Version ihres Gedichts so lauten sollte: Every moment dies a man / Every moment 1 1/16 is born. Streng genommen ist auch diese Zahl falsch, aber der wirkliche Faktor ist so lang, dass ich ihn nicht in eine einzige Zeile bekomme – doch ich glaube, 1 1/16 ist hinreichend exakt für die Zwecke der Poesie.«

In gewisser Weise ist diese briefliche Ermahnung von Babbage das *bessere Gedicht*, denn Tennysons Zeilen haben von sich aus nur wenig Zauber und Anmut. Aber Babbage macht aus dem zuvor so konventionell abgenudelten Phänomen des unaufhörlichen Entstehens und Vergehens von Menschen durch seine buchhalterisch-übergenaue Korrektur eine unfreiwillige Komödie, die gerade durch ihre erst angekündigte und dann wieder leicht zurückgenommene Präzision uns sogar emotional zu berühren versteht. Denn war nicht jeder von uns schon mal genau dieses eine Sechzehntel von Mensch? Der, dessen Gebrochenheit obendrein noch immer nicht ganz korrekt war. Ein Geflimmer, ein Mensch der Statistik, eine auf- oder abzurundende Kommastelle.

Vermutlich wird Tennyson dies nicht so gesehen haben. Eher anzunehmen ist, dass er verärgert war. Auch modernere Dichter waren nicht immer begeistert, wenn die buchhalterische Wahrheit sich in ihr Werk zu drängen begann, wie man an folgender Anekdote über den britischen Autor William Golding ablesen kann. Die Figur, die vermutlich den meisten Lesern seines Romans *Der Herr der Fliegen* am deutlichsten im Gedächtnis geblieben sein wird, ist »Piggy«, der übergewichtige, kurzsichtige Junge, dessen Brille an einer Stelle von den anderen Jungen gestohlen wird, damit diese ein Feuer machen können. Allerdings kann man mit konkaven Brillengläsern das Sonnenlicht nicht bündeln. Golding weist den Leser immer wieder darauf hin, dass Piggy eindeutig kurzsichtig ist. Dies trug Goldings Verleger Charles Monteith große Mengen von Leserbriefen physikalisch gebildeter Jugendlicher ein, die ihn auf seinen Fehler hinwiesen. Als Monteith Golding den Brief eines besonders aufmerksamen Jungen zeigte, antwortete dieser: »Was für ein grässlicher kleiner Junge! Hoffen wir, dass er Drogenschmuggler in der Türkei wird!«

4.

Die bedrohliche Wahrheit der Doppelgänger

Seit ich einen langen Vollbart trage, begegne ich regelmäßig Doppelgängern. Aber gut, ich nehme an, das gilt nicht. Echte, also auch in allen feineren Details mit einem selbst übereinstimmende Doppelgänger sind doch etwas äußerst Seltenes. Die meisten von uns bleiben vor solchen Begegnungen verschont. Dennoch gehört es zu meinen festen Glaubensartikeln, dass für jeden Menschen auf der Erde ein ziemlich perfekter Doppelgänger herumläuft, zu dem man in einer steten, unbewussten Antimaterie-Angst existiert, welche vielleicht von der Vermutung gespeist wird, dass beinahe perfekte Imitationen sich am Ende doch als irgendwie echter und wahrer erweisen könnten als das ursprüngliche Wesen.

In Joyce Miltons Biografie *Tramp: The Life of Charlie Chaplin* lesen wir, dass dieser im Jahr 1915 in einem Theater in San Francisco an einem Chaplin-Lookalike-Bewerb teilnahm. Er kam nicht einmal in die letzte Runde. In einer der Disziplinen des Wettbewerbs musste man den berühmten Chaplin-Walk vorführen und Chaplin wollte dies unbedingt tun: »aus Mitleid sowie dem Bedürfnis, die Sache korrekt ausgeführt zu sehen.« Aber: Chaplin ging dabei in normaler Geschwindigkeit, eben so, wie er es von der Arbeit am Filmset her gewöhnt war. Erst das Medium selbst, der Filmprojektor, beschleunigte den Gang. Alle anderen Kandidaten watschelten natürlich, nach bekannter Stummfilm-Art, in unwirklicher Schnelligkeit über die Bühne und wirkten somit viel echter als der wahre Chaplin.

1899 sah Leo Tolstoj eine der ersten Aufführungen von Anton Tschechows Theaterstück *Onkel Wanja* in Moskau. Er fand das Stück ungeheuer langweilig und konnte der Handlung nicht folgen. Das Einzige, was ihm wirklich gefiel und auch einigermaßen echt erschien, war das Zirpen einer Grille im letzten Akt. Der Rest – Unfug. Aber das Zirpen der Grille – fabelhaft! Allerdings war die Sache etwas komplizierter. Denn einer der Schauspieler hatte einen ganzen Monat zugebracht, um dieses Zirpen zu erlernen und zu imitieren – und zwar von einer echten, lebenden Grille, die in den öffentlichen Bädern von Sandunov wohnte und dort tagein, tagaus vergeblich versuchte, durch ihr Geräusch Weibchen anzulocken. War nun diese über-echte Grille, die gar keine war, in einem gewissen Sinn doch irgendwie eine? Was hätte Tolstoj wohl gedacht, hätte er den mit seinem Mund Zirpgeräusche machenden Schauspieler hinter der Bühne gesehen?

Heutzutage existiert ein Begriff, der genau jene grelle Irritation beschreibt, die man beim Betrachten eines beinahe perfekten Doppelgängers empfindet: Uncanny Valley. Benannt ist es nach dem talförmigen Verlauf einer Wahrnehmungskurve. Stellen wir uns ein Smileygesicht vor. Okay, ein Smiley. Alles gut. Dann erhält das Smiley ein bisschen mehr menschliche Details. Immer noch alles gut. Es beginnt uns sogar zu gefallen. Noch mehr Details kommen hinzu. Ja, jetzt sieht es schon viel realistischer aus! Es gefällt uns mehr und mehr. Aber dann kommen wir zu dem Bereich, wo es zu 90 oder 95 % mit einem echten menschlichen Gesicht übereinstimmt – und die Kurve unserer Begeisterung fällt plötzlich steil nach unten! Wir empfinden Angst und Ekel vor dem Gesicht. Wir nehmen es nicht mehr als »beinahe vollkommen menschlich« wahr, sondern als »ein Mensch, dem etwas Essentielles fehlt«. In diesem Tal der Unheimlichkeit befinden sich die Gesichter vieler Roboter oder animierter Figuren in Computerspielen.

Das Sonderbare ist, dass diese Angstreaktion Tieren vollkommen abgeht. Nur bei Menschen ist sie nachgewiesen. Das bringt einige auf die Überlegung, welchen evolutionären Zweck diese Reaktion bei uns wohl erfüllen mag. Mit anderen Worten: Warum empfinden Menschen einen derart starken metaphysischen Horror vor Gesichtern, die äußerst nahe an »wahren« menschlichen Gesichtern sind? Was für ein Wesen existierte da in unserer anzestralen Vergangenheit, das uns zu, sagen wir, 95 % ähnlich sah, aber vor dem wir in einer bis heute in unseren Genen gespeicherten Panik flüchten mussten, um nicht zu seiner Beute zu werden?

5.

Die Erhaltung von Wesen unsrer Art

In der oben erwähnten *Kleinen Rezension über die Wahrheit* von Jan Skácel erfahren wir: »Die einfachen Wahrheiten, die gewöhnlichen, die schmetterlingshaften liebe ich allerdings. Die sonnenklaren. Die, die existieren und für die niemand kämpfen muss. Vladimír Pazourek, der Bücher schreibt, ins Dampfbad geht und Fußball (also Volleyball mit Füßen) spielt, kam vor kurzem, um mir mitzuteilen, dass heutzutage soviel getrunken wird, dass gar keine Zeit mehr fürs Trinken bleibt. Ich umarmte ihn mit Tränen in den Augen. Er hat recht. Ich weiß es aus eigener Erfahrung.«

Was Skácel hier so rührt, ist die perfekte Beobachtung seines kauzigen Kollegen. Sie trifft ihn so tief, weil er vermutlich dasselbe schon oft empfunden, aber niemals in dieser

Kürze hätte ausdrücken können. Das, was wir Poesie nennen, ist der von der Menschheit mit vereinten Kräften hergestellte Speicher solcher Beobachtungen und kleinen Wahrheiten. Wann immer wir einer begegnen, bleibt sie uns oft jahrelang im Gedächtnis und verändert unsere Wahrnehmung. So fällt mir beispielsweise, wenn ich Menschen im Park ihre Drachen steigen lassen sehe, immer der vor Jahren irgendwo (wo nur?) gelesene Vergleich »like upside-down fishing« ein. Oder ich denke, wenn mir mein eigenes Gesicht trübsinnig aus dem Spiegel entgegenstarrt, an den von Josef Winkler zitierten Jean-Genet-Satz »mit dem traurigen Blick eines scheißenden Hundes«. So ein perfektes Bild! Man sieht es sofort vor sich. Und bei Live-Übertragungen von Weltraumflügen kommt mir jedes Mal jener Satz in den Sinn, den in Andrej Tarkowskijs Film *Solaris* der Vater des Astronauten Kelvin zu seinem Sohn sagt, kurz bevor dieser seine Raummission antritt: »Du bist viel zu schroff! Leute wie du sollten nicht ins Weltall. Dort ist alles so zart, so zerbrechlich!« Oder folgende transzendente Erscheinung in Yukio Mishimas mysteriösem letztem Roman *Die Todesmale des Engels*: »Von einem tief über den Weiher hingestreckten Ast hing an einem Spinnwebfaden ein vergilbtes Blatt; sooft es sich drehte, fiel aus den Bäumen die Sonne darauf, und es leuchtete wie heilig. Man hätte glauben können, eine winzig kleine Drehtür schwebte da im All.« Unmöglich, dieses wunderbare Vergleichswort *Drehtür* zu vergessen. Oder folgende kompakte Wahrheit, gelernt bei Rolf Dieter Brinkmann: »Der furchtbare Zwang in den Vogellauten.« Seither kann ich keine Vogellaute mehr als *entspannt* wahrnehmen, sondern immer nur wie etwas, das fortwährend und unter großem Druck aus den kleinen Tieren herausgepresst wird.

Auf diese Weise wirken die simplen, klaren, einfachen Wahrheiten, die das menschliche Leben aufwerten und in sich bewahren. Und es kommt sogar noch etwas hinzu: In solchen überstark als »wahr« empfundenen Beobachtungen wohnt immer ein vorwitziger, kecker Eigensinn, der auf die Leserschaft abfärbt. Es ist dieses unwiderstehliche »So sehe ich es, so ist es in mir, egal, was andere in ihren Köpfen haben«, und es ist in poetischen wie in politischen Äußerungen ein und derselbe Impuls. Häufig allerdings braucht es für diese »einfachen Wahrheiten« in der politischen Sphäre viel mehr Mut, viel mehr Risikobereitschaft. Die Gegenwart geht nie sehr freundlich mit ihnen um, und oft müssen Jahrzehnte oder Jahrhunderte vergehen, bis man jemanden, dessen Name da bereits vergessen ist, als den einsamen Hochhalter der Wahrheit inmitten in einer wahnsinnig gewordenen Welt erkennen kann, der er zu Lebzeiten war. In fünfzig Jahren wird man vielleicht sehen, welche Einrichtungen oder Menschen es in unserer Epoche gewesen sind. Mit ziemlicher Sicherheit werden es nicht die Namen sein, die uns heute als Kandidatinnen und Kandidaten einfallen.

James Boswell zitiert den von ihm porträtierten Dr. Samuel Johnson mit der Aussage: »Für die Universität von Salamanca habe ich eine besondere Vorliebe. Als nämlich die Spanier im Zweifel waren, ob sie nach dem Gesetz berechtigt seien, Amerika zu erobern, erklärte die Universität in einem Gutachten, es geschehe widerrechtlich.« Man kann die Namen der Gelehrten, auf deren Schriften Johnson anspielt, auch heute noch finden: Francisco de Vitoria, Domingo de Soto. Sie schrieben und wirkten im 16. Jahrhundert. Vielleicht wussten sie damals gar nicht, wie vergeblich und, gemessen an der unaufhaltsamen Gewalt der geschichtlichen Ereignisse, vollkommen *absurd* ihr Gutachten zu der damaligen Zeit war. Aber am Ende interessierte sie diese Tatsache gar nicht und sie dachten einfach nur daran, ein wahrheitsgemäßes rechtliches Urteil abzugeben.

Was mich, am Ende dieser kleinen Betrachtung angekommen, nun zu dem schönsten mir bekannten Beispiel für verkörperte Wahrheit bringt: In der niederländischen Stadt Oudewater wurden im 16. Jahrhundert auf der offiziellen Stadtwaage, die auf dem Marktplatz stand, Frauen gewogen. Der Grund dafür war ein allgemein anerkanntes und als wissenschaftlich geltendes Verfahren um der

Hexerei verdächtigte Frauen zu überführen. Eine Hexe konnte, wie jeder Mensch wusste, auf einem Reisigbesen durch die Lüfte fliegen, also musste sie logischerweise ein geringeres Körpergewicht aufweisen. Der deutliche Gewichtsunterschied zwischen Hexen und normalen Frauen sei, so die verbreitete Ansicht, dem Umstand geschuldet, dass Hexen ihre Seele dem Teufel verkauft hatten. Zur damaligen Zeit wogen Seelen etwa zehn bis fünfzehn Kilogramm. Die Wiegeproben fanden nicht allein in Oudewater statt, aber was diese eine *Heksenwaag* einzigartig macht, ist die Tatsache, dass sie funktionierte. Sie war korrekt geeicht, sie zeigte das reale Gewicht eines Menschen an, egal, wer sich auf ihre Plattform stellte, und das Ergebnis wurde von ehrlichem und fachkundigem Personal abgelesen. Warum ausgerechnet diese kleine niederländische Gemeinde in dieser düstersten Zeit auf den Gedanken verfiel, ein der menschlichen Vernunft entsprechendes Wiegeverfahren zu verwenden, ist uns nicht überliefert. Was man heute jedoch mit Sicherheit weiß, ist: Nicht eine einzige Frau wurde in Oudewater je der Hexerei überführt. Allen unter Anklage stehenden Frauen, denen es möglich gewesen war, die Kosten für eine Reise in das Städtchen aufzubringen, wurden amtlich beglaubigte Urkunden ausgehändigt, deren Gültigkeit sich über das gesamte deutsche Reich erstreckte.

Die »Hexenwaage« von Oudewater ist das große Monument der Wahrheit. Eine aufrichtig und beherzt verwaltete, in ihrer Einfachheit beinahe poetische Vorrichtung, die, buchstäblich wie auch philosophisch, die Erhaltung von *Wesen unsrer Art* gewährleistete. Mögen ihre gegenwärtigen und zukünftigen Äquivalente, wie immer diese aussehen mögen, zahlreich und wirksam sein.

Inhalt

1.
Willemsens Version 7

2.
Eigene Versionen 14

3.
Buchhalter und Ekstatiker 23

4.
Die bedrohliche Wahrheit der Doppelgänger 33

5.
Die Erhaltung von Wesen unsrer Art 38

Clemens J. Setz, geb. 1982 in Graz, lebt heute in Wien. Zuletzt erschienen: *Der Trost runder Dinge* (Erzählungen, 2019), *Die Bienen und das Unsichtbare* (Memoir, 2020). Übersetzungen: *Der Mann aus dem Fegefeuer* von John Leake, *Sarah* und *Crap* von Scott McClanahan sowie Werke von Edward Gorey. 2021 wurde ihm der Georg-Büchner-Preis verliehen.

© Literaturverlag Droschl Graz – Wien 2022

Umschlag: & Co www.und-co.at
Satz: AD
Druck: Styria Print

ISBN 978-3-99059-103-1

Literaturverlag Droschl Stenggstraße 33 A-8043 Graz
www.droschl.com